句集

# 文様

鳴戸奈菜

角川書店

句集・文様

# 目次

装丁●三宅政吉

句集

# 文様

# 富士

富士の見えいつも今ごろお正月

ニンゲンとサルとが並び初景色

萌黄色の空なり海なり春めきぬ

東日本大震災（平成二十三年三月十一日）

地震の跡《あと》紅梅白しされど咲く

うぐいすかわたしの耳が立ち止まる

春の鳶大きく空を使いけり

芹摘みて男なんかと思うに至る

この山に海の記憶や春の風

無計画という計画の花見かな

虚子の忌の犬小屋にまた猫がおり

白牡丹わたしのそばに私の影

手を容れて牡丹に噛まれてしまいけり

なめくじのなめくじ色のやさしけれ

夏草の茂りにこの身まかせるか

蛍狩の約束ありし小さい手帖

汗かかぬ人が谷中の昼の墓地

松籟や日傘の人に会釈され

箱庭に大きな物は無かりけり

消しゴムで「明日」を消しぬ百日紅

花火あとの闇の深さを帰りけり

音もなく陽はまた昇り茄子に花

今にして父の哀しみ日雷

飼犬の昼寝の夢にわたくしか
昼のあと夕暮れとなり盆踊り

泣くときは声立てぬこと白朝顔

四角い部屋に四角く坐り秋の陽射し

母そよぐ秋海棠のその辺り
月青く鏡にカガミ映すかな

けむりより炎が立ちて風の秋
逢えるなら露草色の帯揚げを

夕されば忍び音もらす松虫草
人を恋うならいとなりぬ木犀の香

猿酒《ましらざけ》夫にすすめてみはしたが

いまに来る闇にもどる日曼珠沙華

秋まひる金の指輪の指に倦み
コスモスとススキ活けて薄い空気

鵙の贄月の光に晒されし

曇天にきんかんの黄の似合うこと

烏瓜刹那の殺意に揺れにけり

鰯雲見上げて一件落着す

秋の暮旅ゆくごとく本屋まで

忘れめや秋に死にたる小鳥の軽さ

石に石あたりていい音秋夕焼

どんぐりのいのちはどれも一つずつ

秋蝶に追われる老女誰ならん

真っ直ぐな道が好きで秋でひとりで

林檎剝くナイフすずしく光らせて

しげしげと月に見られる古池は

小春日や大きな音が小さくなり昼

十一月こんなところに墓二つ

逃げるから追いかける影冬至かな

校正ミス冬青空をカラス啼き

枯野原あそばせておく影法師

冬野へ向かう父を追う少年A

たましいを見せ合っており冬の山

冬の暮橋より我が家眺めおり

人間を信じるとして冬至風呂

冬の木に赤いマフラー巻かれあり

枯木立いま来た道を戻るかな

坊主めくりに姫が出て外は吹雪

冬のあと春は来るのか東日本

# 白椿

形あるゆえに壊れてまた春で
喪服着て華やかに過ぐ春の雪

沈丁の冷たい香り月のひかり
空棺が届けらる白椿の庭

私のようなわたしで朧の夜

春ショール母の白髪か抓み捨つ

古里はさくらの似合うところなり

切切と黒髪つかまれ花衣

三鬼の忌蛍光灯を取り換えぬ

ゆく春の二本の川が一本に

うしろ手に障子をしめて花の夜

春の空永遠はいつも長すぎる

水のはずの雲が浮かんで四月かな

上向きに受粉を待ちぬ梨の花

世を映すシャボン玉一瞬の永遠

拳銃が欲し五月の木に凭れ

理屈より本能で来い牡丹の昼

男来れば羽をひろげる揚羽蝶

緑濃し湖面の小舟傾ぎおり

妻若く昼の蛍を見てあくび

うつむくと夏鶯のよく鳴くよ

草を刈り草の匂いの命かな

箱庭の人に人影風はそよ風

満月に蝉が羽化するときの音

夏の風椅子のかたちに身を折りぬ

死んだから自由にしてと黒揚羽

茄子の花実となるはじめ茄子大変
憂き人にネズミ花火を持たせやる

寂しいから夏野に放つ毛物一匹

秋近し柳の影も人影も

西瓜割り頭の中はスイカでいっぱい

七日間生きるつもりの法師蝉

満月光眼《まなこ》も足も開いたままに
秋の昼時計はどれも同じ刻

黒飴を舐めて小さく秋の暮

赤トンボ空を離れて飛んでおり

黄コスモスこころここにはあらず風

昼の月わたしの顔はこれひとつ

木に凭れ木の内うつろ月白し

コスモスや逢いたき人のなくもなし

月《つき》見《み》草《ぐさ》月の光に濡れてこそ
入口という出口かな彼岸花

秋の蝶ふっと疑問の湧きにけり

父らしき人が花野を歩きおり

虫の声夢の続きに戻ろうか
枯菊を小さく焚いて今日終わる

筆立の赤鉛筆が小春日和

言の葉をすこし燃やせばそぞろ寒

九官鳥己れ真似るか秋の暮

綿虫の重きが肩に風止みぬ

約束はまた果たされず冬に入る

霜の声男もすなる忍び泣き

暁闇をいまだ育ちぬ霜柱

諄々と説かれて霜を踏むばかり

ほんとの話雪の夜だけ女なの

# 春の日

春の日や地球の上を歩きおり

未だ会えぬことば恋しく春の海

うぐいす餅五本の指の近づくよ

人間の如きが通る花の下

我いまだ遊びを知らず春爛漫
どの紐も恐し花の夜ひとりなら

死にかかる生を抱けば鳥ぐもり

猫が追う老犬いとしや暮の春

帰心なしとも云えず花は葉に

人影の吹き飛ばされし青嵐

芍薬が白く散りたる気を抜けば

少年に牡丹のくわしい話など

玄関に船の絵掲げ夏に入る

短夜や頭の中は眠らぬ言葉

老婆がふたり蛍の二匹見ておりぬ

朴の花にじみはじめし夜の色

生という女死という男に嫁ぐ夏
南瓜の花の大きくあなかしこ

夜が来てそうかそうかと火点す蛍

人の世をさびしがらせて花氷

恋か愛かそれが気になる蝉の殻

水中花ひとつ気泡を吐いて静か

帯留は尾のない碧の蜥蜴かな

少年やビニール袋の蛇の重さ

ががんぼの脚一つ取れ日が沈む

雷鳴も遠くであれば懐かしや

夏の空スズメが一つ落ちてきし

大空に何にもなくて広島忌

箱庭の人に影あり少し風

重そうに鴉ねぐらへ夏の暮

朝顔の白朝顔その白を恥じ

昼顔や朝ひらいても昼顔や

夕顔に想いうすうすうす覚らるる
おはぐろとんぼ歯の無い口が笑いけり

かくの如き句を書き散らし夏果てぬ

この星のいのちいつまで星祭

秋の寺人影あまた集い来る
待つほどに髪に染みたる木犀の香

月見つつ咲いた月見草がこれ
秋風に薄くこわれた窓ガラス

彼岸花手を振る人よ遠くより

頭がかゆく無花果割ってみる

花薄一本折りては人を哀しむ
露草が露をこぼしてわたしは留守

食べごろになるまで柿を供えたる
察するに余りあるなり十三夜

泣くときは哭く花野の花盛ん

口にして寂しき言の葉紅葉す

秋のように猫が擦り寄る抱かれんと
左様なら石蕗の花の黄を視野に

閉じては開く瞼で生きて冬
空青く一番高い木から枯れよ

お目出度いと言われておりぬお正月

老人が老人といる春の夜

花吹雪それからゴミと掃かれたる
中国の舌出し人形春惜しむ

蜆汁しみじみ此の世よかりけり

牡丹や白を一枚ずつ脱いで

赤い染み空蝉十ほど容れた箱
レース編む愛憎なきにしもあらず

「いっせいの」で倒れた向日葵見てやるか

嬉しそうに通草口あけ昼も過ぎ

句に詠めば梨が腐ってしまいけり

我かも知れぬ彼岸花見ておるは

小春日をニャアニャアと鳴き子犬かな

友からの電話で風邪をうつされぬ

# ひとりでに

ひとりでに春ともなりて夜の風
明日はなし桃の花が届く今日

春三日月命またたく人のそば

東日本大震災追悼　三句

春や憂し牛小屋に牛居らず

春の海水が溺れておりにけり

折ることは祈ることと白い色紙

紅い椿落ちるところまで堕ち
白猫のからだ触りつ春である

カレイになる加齢加齢と云われて春で
春愁い小箱に鍵を掛けにけり

花吹雪此の世の事は解からぬまま

老犬の残るいのちを抱く春よ

「ララ」という名前も逝きぬ春の雨

白猫を追う黒猫今夜はおぼろ

度の合わぬ眼鏡で春を眺めおり
空っぽの財布落としぬ花見かな

蝶蝶と遊んでおれば日が暮れぬ

古里は死よりしずかに桜咲き

木の芽時木魚を撫でる青年僧

戦争の気配がそこに今年の桜

バルテュスの少女が桜の木に凭れ

わたくしは我と不仲で桜の昼

真ん中に川の流れる春景色
昼のサクラ幹の黒さと太さ褒め

微笑する父母とさくらの写真一枚
白髪は染めないことに落花しきり

九階の今朝のベランダ花びらが
桜散りその後のことは口にせず

ゴリラよりゴリラのごときゴリラで春で

聖少女窓をしっかり閉ざす春

葉桜の頃は悪女となりましょう
若さという寂しき日々よ若葉風

蟻も我も宇宙に生まれ死ぬ予定

あめんぼにアメンボの影陽のさざなみ

すずらんの鈴の音こぼる月の夜
揚羽蝶すれ違うとき目が合って

哀しみはソプラノでくる聖五月

戦争が目を覚ましそう青柿落つ

クチナシや無言のままにサヨウナラ

紫陽花のやさしき色に溺れたる

衰えし蛇を苛む老いし猫

夏蝶に振り向かれたる娘たち

少年がむかしはと云い線香花火

死んでからゆっくり眠ろう油蝉

花氷溶けない花はゴミ箱に
玉虫を捨てて拾いし媼かな

露草の露の色ほど人恋し

わたくしの三人老いし三面鏡

満月の筑波山中影ばかり
人情と月に満ち欠け茹で玉子

我がいる月の輪熊の夢の中

花のない花野を母と行き別れ

秋桜コスモスは宇宙の意味よ
無花果の真昼さびしき二人なら

秋の道わたしの影が離れ行く

昼の月ああ円盤を見てしまい

花野になに埋めようぞトッカータとフーガ

空箱のきれいに燃えて秋の空

耕衣恋しいつか近くに天の川

秋の風いちおう相談してみるか

唇にくちびる彼岸花赤と白

栗のイガ踏んで故郷を持たぬ者

今生の血の色美し櫨紅葉

椎の木と暮らすと決めて深く秋

人に問う人間とは秋の暮

鴉が狙う子猫かわいや小春日和

風の昼落葉のうえに枯葉かな
階段に腰掛けている冬の陽よ

手のひらを眺めておれば年の暮

極月の空は空なり鳥は鳥

百八で足りぬ鐘の音微笑みぬ

なんとなく岸壁に立ち初茜

あらたまと口にし勇を起こさんか
首の上に顔あり薄く初化粧

身の内の鬼は外鬼は外

光

光という字が光るきさらぎは

東日本大震災追悼　三句

三年《みとせ》前この春の海より大津波

合掌をすると春風海からの

三月十一日鏡がなくて水鏡

全焼の寺一本のまむし草

真ん中に棒の立ちたる春の池

桜咲きやっと顔上げ歩くなり

いずれ来る人類忌いま花の宴

春暮れて目鼻のありし顔ばかり

夢から覚めまた夢の世の春あけぼの

命得てはじまる死のこと桜かな

春の虹次女の姿が消えており

あの男牡丹根こそぎ欲しがりぬ
半日を若葉の森で過ごすこと

蝶蝶になんなんとして蛾になりぬ

夏至の夜ひとりひとりが同じ夢

古池や水に濡れたる緋鯉に真鯉

色色と恋して老いて蛍かな

日日草見ながら薬飲んでおり
なるはずのない蛇になり川泳ぐ

十ほどの空蟬セミの形かな

美しき風を起こしぬ佳人の扇子

我は未だわれを許さず心太

向日葵は枯れ自衛隊は軍隊に

さびしさにウスバカゲロウ解体す

夏の原わたしの一人が蹲る

鶴嘴の尖に秋風来て止まる

ほだされて火の見櫓にのぼれば秋

秋暑し俳句は好きかと問われけり

紅《くれない》という闇の色曼珠沙華

椎の実が手にあたたかや友来る

溝萩の瓶に挿す間も散りこぼれ

秋風を眺めておりぬひとりひとり
手と足とわたしは帰る秋の日を

古池に吾が名呼ばれし秋の暮

秋の川ひたすら川として流れ

家までの道がもうない芒原

銀杏より紅葉一枚こぼれけり

冬の蠅おのれの影を見詰めおり

この道の途中で消えて冬景色

生きるから年取る冬の泉滾滾

戦争せぬための戦争ありか春は来るか

句集　文様　畢

# あとがき

『文様』は、二〇一一年より二〇一五年の五年間に詠んだ句を自選し、ほぼ年代順に収めたものである。句集名の『文様』とは模様を意味する。「文」一字にも模様の意味があるが、これを知ったとき、そうか、面白い、いつか句集名にしたいと思っていた。なぜなら季語は別格として、五・七・五の言葉はそれぞれの意味、及び視覚的聴覚的効果が結集してこの世の模様（有様）を形成するのではないか、と思うからである。さてこの句集の終りのほうに「秋暑し俳句は好きかと問われけり」という句を収めたが、もし私が問われたら、「好き」と答えたい。歳を重ねても俳句と付き合ってゆけたらと思う。

二〇一六年六月

鳴戸奈菜

**著者略歴**

## 鳴戸奈菜（なると・なな）

一九四三年　旧朝鮮・京城にて生まれる
一九七六年　永田耕衣主宰「琴座」に入会、後に同人
一九七九年　清水径子、中尾寿美子等と俳句研究会「らんの会」結成
一九八四年　六人の會賞受賞
一九九二年　同人誌「豈」に参加（二〇〇三年、退会）
一九九七年　「琴座」終刊。耕衣他界。第四十九回現代俳句協会賞受賞
一九九八年　清水径子等と同人誌「らん」創刊
二〇一二年　北溟社主催第二回與謝蕪村賞受賞

句集に『イヴ』『天然』『月の花』『微笑』『現代俳句文庫　鳴戸奈菜句集』『露景色』『永遠が咲いて』、評論集に『言葉に恋して―現代俳句を読む行為』『歳時記の経験』『俳句と話す―現代俳句鑑賞』、編著書に『田荷軒狼箴集』、満谷マーガレットとの共英訳書『この世のような夢―永田耕衣の世界』、など

現在、同人誌「らん」発行人、現代俳句協会副会長、国際俳句交流協会会員、日本文藝家協会会員

句集　文様　もんよう

初版発行　2016（平成28）年7月25日

著　者　鳴戸奈菜
発行者　宍戸健司
発　行　一般財団法人 角川文化振興財団
〒102-0071 東京都千代田区富士見1-12-15
電話 03-5215-7819
http://www.kadokawa-zaidan.or.jp/
発　売　株式会社 KADOKAWA
〒102-8177 東京都千代田区富士見2-13-3
電話 0570-002-301（カスタマーサポート・ナビダイヤル）
http://www.kadokawa.co.jp/
印刷製本　中央精版印刷株式会社

 ISBN978-4-04-876386-8 C0092

# 角川俳句叢書　日本の俳人100

青柳志解樹
**朝妻　力**
**有馬朗人**
**安西　篤**
**伊丹三樹彦**
**伊藤敬子**
**伊東　肇**
井上弘美
**猪俣千代子**
**茨木和生**
**今井千鶴子**
**今瀬剛一**
**岩岡中正**
**大石悦子**
**大牧　広**
**大峯あきら**
**大山雅由**

**小笠原和男**
**奥名春江**
**落合水尾**
**小原啄葉**
恩田侑布子
柿本多映
加古宗也
**柏原眠雨**
**加藤憲曠**
加藤耕子
加藤瑠璃子
**金箱戈止夫**
金久美智子
**神尾久美子**
九鬼あきゑ
黒田杏子
**阪本謙二**

佐藤麻績
**塩野谷　仁**
**小路紫峡**
**鈴木しげを**
**高橋将夫**
**田島和生**
**辻　恵美子**
**坪内稔典**
出口善子
手塚美佐
**寺井谷子**
中嶋秀子
名村早智子
**鳴戸奈菜**
**名和未知男**
**西村和子**
**能村研三**

橋本榮治
橋本美代子
**藤木倶子**
**藤本安騎生**
藤本美和子
**文挾夫佐恵**
**古田紀一**
**星野恒彦**
**星野麥丘人**
松尾隆信
**松村昌弘**
**黛　執**
**岬　雪夫**
宮田正和
武蔵紀子
**本宮哲郎**
**森田　峠**

**山尾玉藻**
**山崎　聰**
**山崎ひさを**
柚木紀子
**依田明倫**
**若井新一**
**渡辺純枝**
ほか

（五十音順・太字は既刊）